LA JOURNÉE

DE

FONTENOY,

O D E.

Par Monsieur FRÉRON.

M. DCC. XLV.

Un Héros au-deſſus des Héros de la Fable
Eſt un écüeil pour moi , terrible , redoutable ,
Contre qui cent Nochers à mes yeux ont briſé.

. . . .

Rejette donc , grand Roy, ſur une juſte crainte
Ma LENTEUR à parler de tes faits inoüis.

DESHOULIÉRES.

LA
JOURNÉE
DE
FONTENOY,
ODE.

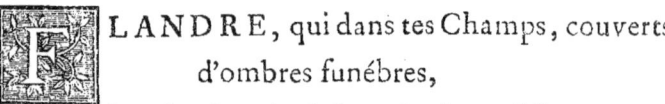

FLANDRE, qui dans tes Champs, couverts
   d'ombres funébres,
Vois croître les Cyprès & les Lauriers célébres,
A des Maîtres nouveaux foumife tant de fois :
Jufqu'à quand feras-tu le Théatre des Armes,
  Le centre des allarmes ,
Et le trifte jouët des querelles des Rois ?

De meurtres affamé , le Démon des Batailles
De fes barbares mains déchire tes entrailles ;
Pour nourrir fa fureur tu renais chaque jour :
Et ton fort eft pareil au deftin déplorable
   De ce fameux Coupable ,
Immortel aliment de l'avide Vautour.

Que dis-je? contre toi quand LOUIS fe déclare,
Senfible à tes malheurs , fa bonté les répare ;
Tu devras ton bonheur à fon bras irrité :
C'eft ainfi que le Nil , franchiffant fon rivage ,
   Dans les Champs qu'il ravage
Répand le germe heureux de leur fécondité.

Dans l'horreur de la nuit, la Difcorde fatale
A rempli du venin de fa rage infernale
Les LIONS réunis aux fanglans LE'OPARDS ;
Sortis du fond des Bois , ils viennent fur leurs têtes
   Attirer les tempêtes ,
Qui foudroyoient déja l'orguëil de tes Remparts.

La Barriére du jour au Soleil eſt ouverte ;
Ennemis, frémiſſez : témoin de votre perte,
Pour la derniere fois il éclaire vos pas ;
Il n'aura point fourni ſa brillante carriére,
     Qu'épars ſur la pouſſiére,
Vous ſerez engloutis dans la nuit du Trépas.

MAURICE & CUMBERLAND, précedés du Tonnerre,
Sous leurs fiers Eſcadrons ont ébranlé la Terre ;
Leurs Soldats ſont tout prêts ; ils vont tenter le Sort :
Déja ſont dirigés ces Bronzes formidables,
     Dont les flancs redoutables
Renferment la terreur, le carnage & la mort.

Le Clairon retentit. A ce ſignal terrible
L'Airain a répondu par un bruit plus horrible ;
Un fracas meurtrier fend la voûte des airs :
L'ESCAUT, ſaiſi d'effroi dans ſa grotte profonde,
     Précipite ſon Onde,
Et court s'enſevelir au vaſte ſein des Mers.

Muſe , retrace moi le choc des deux Armées ,
D'une égale fureur au maſſacre animées ;
Le fer , le feu , la mort lancés dans tous les rangs ;
Des Courſiers belliqueux les bouches écumantes ,
    Et les Plaines fumantes
Du ſang des Bataillons ſous le glaive expirans.

Acharnés au Combat , nos Guerriers magnanimes
Rejettent les conſeils des Cœurs puſillanimes ,
Qui prompts à s'allarmer , deſeſpérent toujours ;
Et traînant de leurs ans la mépriſable chaîne ,
    Immoleroient ſans peine
Le ſalut d'un Empire au ſalut de leurs jours.

Avançez , dit L O U I S , ô ma Garde fidelle ;
Volez , vaillante élite , où l'honneur vous appelle ;
Il n'apartient qu'à vous de fixer le Deſtin.
Paroiſſez : la Victoire , à regret indéciſe ,
    Sur vos Drapeaux aſſiſe ,
Va réparer l'affront de ſon vol incertain.

❀❀

Ils partent ; c'en eſt fait : leur audace aguerrie
A repouſſé l'Anglois , a vengé la Patrie.
L'Art a beau feconder un impuiſſant courroux:
Ce Chef-d'œuvre imprévû des leçons de Bellonne,
　　　Cette épaiſſe Colonne ,
Prête à les accabler , s'écroule fous leurs coups.

❀❀

Tel , aux climats du Nord , où ſa fureur s'exerce ,
Le fougueux Aquilon de ſon foufle renverſe
Ces Chênes , ces Sapins , ornement des Forêts :
Telle , & plus redoutable en ſa courſe rapide ,
　　　On voit la flamme avide
Dévorer les épics qui couvrent nos Guérets.

❀❀

Mânes de nos Héros , ah ! ſi cette Journée
Eſt le terme fatal de votre deſtinée ,
Cédez , fans murmurer , à la rigueur du Sort :
Minos vous a reçûs des bras de la Victoire ;
　　　Les rayons de la Gloire
Ont diſſipé l'horreur des ombres de la Mort.

GRAMMONT, je n'entends plus foupirer ta vaillance,
De laiffer après toi la Fortune en balance ;
Les Vaincus, aux Enfers raffurent ton grand cœur :
Ils reculent encore à l'afpeſt de ton Ombre ;
     Leur frayeur & leur nombre
Te font de fûrs garants, que LOUIS eſt vainqueur.

Quel fpectacle nouveau pour ton ame ravie !
Tu les vois, ces Anglois qui tranchérent ta vie,
Entaffés dans le Styx, interrompre fes flots :
Tandis que Mars lui-même, éloigné de nos rives,
     De leurs Troupes craintives
Raffemble les débris, & leur parle en ces mots :

» Malheureux Combattans, fi le fort de vos Armes
» A la fiére Albion fait répandre des larmes,
» Vous n'en êtes pas moins ma gloire & fon appui :
» A vos mâles efforts je dois cette juſtice,
     » Qu'un autre que MAURICE
» Eût vû votre valeur triompher aujourd'hui.
              » N'allez

» N'allez pas préfumer, que l'ardeur qui m'enflamme
» Ait fervi les François, ait paffé dans leur ame :
» Je n'ai rien fait pour eux ; ils ont tout fait fans moi.
» Ce Peuple, quand il veut dompter par fon courage
        » L'Ennemi qui l'outrage,
» N'a befoin que d'un Chef, ou des yeux de fon Roi.

» Tournay ranime envain fes forces épuifées ;
» Sous les reftes fumans de fes Tours embrafées
» Vos pâles Compagnons tombent enfevelis :
» Gand, Bruges au vainqueur ouvrent déja leurs Portes,
        » Et fes braves Cohortes
» Dans Oudenarde en feu vont arborer les Lis.

» Ceffez de difputer ces fanglantes Provinces
» A des Guerriers conduits par le plus grand des Princes;
» Dans des tems plus heureux vous pouviez les dompter:
» Mais aujourd'hui, craignez de nouvelles difgraces ;
        » Retournez fur vos traces ;
» Votre plus beau triomphe eft de les éviter.

L'hommage que l'on doit à tes vertus suprêmes,
Grand ROY, les Dieux jaloux te le rendent eux-mêmes:
Rival de leurs exploits , imite leurs bienfaits :
Après avoir chanté l'éclat de tes Trophées ,
   Puiffent les doctes Fées
Célébrer fous tes yeux les douceurs de la Paix.

Tel Augufte autrefois , favorable au Génie ,
Excitoit les talens des Fils de l'Harmonie ,
Il abaiffoit fur eux fes fertiles regards :
D'une main il fermoit, dépofant fon Tonnerre,
   Le Temple de la Guerre ,
Et de l'autre il ouvroit le Temple des Beaux-Arts.

www.ingramcontent.com/pod-product-compliance
Lightning Source LLC
Chambersburg PA
CBHW061427170626
46811CB00005B/2168